dawn deud

dramâu'r draen

dawn deud

dafydd llewelyn

Argraffiad cyntaf: 2005

© Awdurdod Cymwysterau, Cwricwlwm ac Asesu Cymru, 2005

Comisiynwyd y gyfrol gyda chymorth ariannol Awdurdod
Cymwysterau, Cwricwlwm ac Asesu Cymru

Hoffai'r Lolfa ddiolch i:

Nia Davies, Ysgol Brynhyfryd
Janet Clement Thomas, Ysgol Bro Myrddin
a Cheryl Roberts, Ysgol Tryfan

Golygyddion y gyfres: Mared Roberts ac Alun Jones
Llun y clawr: Dewi Glyn Jones
Dylunio: Robat Gruffudd

Rhif Llyfr Rhyngwladol: 0 86243 840 3

Cyhoeddwyd, argraffwyd a rhwymwyd yng Nghymru
gan Y Lolfa Cyf., Talybont, Ceredigion SY24 5AP
e-bost ylolfa@ylolfa.com
gwefan www.ylolfa.com
ffôn (01970) 832 304
ffacs 832 782

CYMERIADAU

Sion
Mam
Hefin
Gwen
Athrawes
Prifathro
Cariad
Miss Jones
Dynes 1
Dynes 2

MANYLION LLWYFANNU

Er mwyn symlder, awgrymir bod y llwyfan yn gwbl foel, ag eithrio coeden reit yn y canol. Mae hyn yn symbolaidd, gan mai'r goeden ydi'r 'canol llonydd' ym mywyd Sion. Dylai'r goeden hon fod yn ddigon cryf a chadarn i allu dal pwysau dau gymeriad (Sion ac Athrawes).

Mae pedwar safle ar y llwyfan. Ar ran chwith uchaf y llwyfan ceir y 'caffi', wedyn ar y chwith blaen, yr 'ysgol', ac ar y blaen ochr dde ceir y 'cartref', a thu cefn i hwnnw, ar yr ochr dde ceir 'iard neu gae'r ysgol'.

Moel a phrin iawn yw'r celfi. Ambell i wrthrych a osodir ar bob ochr i'r llwyfan yn ddigonol i gyfleu natur y lleoliadau. Er enghraifft, gyda'r olygfa yn y cartref, byddai i Mam gydio mewn powlen blastig, a dechrau plicio'r tatws yn ddigonol i gyfleu'r gegin yn y cartref. Yn yr un modd, o safbwynt y caffi byddai sŵn cerddoriaeth yn gefndirol yn ddigon o awgrym, yn enwedig o gofio'r cyfeiriadau yn y ddeialog at gaffi.

Os yn dechnegol ymarferol, braf fyddai gweld cysgod canghennau'r goeden yn cysylltu'r safleoedd gwahanol hyn, gan eu bod i gyd yn gysylltiedig gyda'i gilydd ym mhen Sion. Yn olaf, gan fod y llwyfan yn gwbl foel, os y dymunir, gall Sion redeg o amgylch y llwyfan, i ddynodi bod yna bellter amrywiol rhwng y gwahanol safleoedd hyn.

*(Pan gyfyd y golau gwelir **Sion** yn cerdded ar y llwyfan yn edrych o'i gwmpas, ac yn gwenu'n braf wrth glywed sŵn adar ac ati. Fe ddaw at goeden sydd reit yng nghanol y llwyfan, a syllu ar ei changhennau.)*

Sion: Dail o goedan dderwen dal...

*(Wedi syllu a gwrando ar yr adar ac ati am sbel, fe ddringa **Sion** y goeden. Mae'n dringo'n uchel i fyny, ac yn sefyll ar un o'r canghennau gan wenu a chwerthin yn uchel.)*

Sion: Ty'd yma'r deryn bach... hei, diawliad bach, siaradwch efo fi... 'Da chi'n 'y nghlywad i? Ydach chi? Gwrandwch ar hyn 'ta. Daria drycin diawl yn dianc. Daria drycin diawl yn dianc.

*(Yn ddiarwybod i **Sion**, yn ystod yr uchod gwelir **Hefin** yn sleifio at y goeden.)*

Hefin: Oi. Be goblyn ti'n neud?

*(Mewn sioc llwyr, syrthia **Sion** i'r ddaear, ac fe ddaw **Hefin** ato, a sefyll uwch ei ben.)*

7

Hefin: Ateba fi, bwbach.

Sion: D-d-dim.

Hefin: Sori 'nes i'm clywad yn iawn. Duda fo
'bach yn uwch.

Sion: D-d-dim.

Hefin: Ma rhaid i chdi fadda i mi, dwi'm yn clywad
cystal ag o'n i. Duda fo 'bach yn uwch.

Sion: Cer i'r d-d-d- (diawl)

*(**Hefin** yn dechrau chwerthin, wrth i **Sion** geisio dweud
'diawl', ond yn ofer.)*

Hefin: Dwi 'rioed 'di clywad am 'd-d-d' o'r
blaen. Lle ma fan 'na duda?

*(Tra bod **Hefin** yn gweiddi arno, cyfyd **Sion** yn araf.)*

Hefin: Dwi isio gwbod lle ma'r lle 'd-d-d' 'ma.
Oi, dwi'n siarad efo chdi!

*(Dechreua **Sion** redeg o amgylch y llwyfan gwag yn gyflym
am sbel cyn bwrw **Mam** sy'n stryffaglu gyda llwythi o fagiau
bwyd o archfarchnad.)*

Mam:	Hei, dal dy ddŵr Sion bach.
Sion:	Sori.
Mam:	Lle ti'n mynd ar gymint o frys duda?
Sion:	Nunlla.
Mam:	Be 'na i efo chdi, duda?
Sion:	Sori.
Mam:	Ty'd. Ti am fy helpu efo'r bagia 'ma?
Sion:	Oes rhaid i fi?
Mam:	Chdi fydd yn cwyno os na fydd 'na fwyd ar bwr' nes 'mlaen.

*(Dan rwgnach, fe gymera **Sion** rai o fagiau **Mam**, a'i dilyn wrth iddi ymlwybro tuag ochr blaen dde llwyfan.)*

Sion:	Be dan ni'n ga'l i de?
Mam:	Dwn i'm, feddylia i am rwbath.
Sion:	Gawn ni dsips?
Mam:	Gafon ni dsips echnos.
Sion:	A chacan grîm o'r Caban yn bwdin. Plîs!

Mam:	Ar un amod. Dy fod ti'n 'yn helpu i'n y gegin.
Sion:	Iawn 'ta.

*(Cerdda **Mam** a **Sion** i mewn i 'dŷ', a chydio mewn powlen blastig, i ddynodi'r gegin. Tynna **Mam** ychydig o datws o fagiau'r archfarchnad, gan fynd ati i blicio'r tatws. Tra bo **Mam** yn dechrau plicio, fe eistedda **Sion**, a chydio mewn llyfr.)*

Mam:	Be ti'n ddarllen?
Sion:	Llyfr.
Mam:	Ia, dwi'n gwbod hynna, tydw. Be ydi enw'r llyfr?
Sion:	*Dirgelwch yr Ogof* gan T Llew Jones.
Mam:	Ydi o'n dda?
Sion:	Ydi.
Mam:	Ga i glywad chdi'n ei ddarllen?
Sion:	Na.
Mam:	*(Yn garedig)* Ty'd 'laen.
Sion:	Dwi'm isio.

Mam: Ma rhaid i chdi ymarfer 'sti.

Sion: (*Yn gwbl benderfynol*) Dwi'm isio. Ocê?

(*Saib annifyr*)

Mam: (*Yn garedig*) Hyder – dyna ydi hanner y frwydr. Ei di'm i unman heb hwnnw 'sti.

(*Wrth i **Mam** barhau i blicio, cerdda **Sion** oddi wrthi, gan anelu at y **Prifathro** sydd gyferbyn â **Mam**, ar flaen ochr chwith y llwyfan.*)

Sion: (*Dan grefu*) Ond dwi <u>isio</u> Mr Parry, wir i chi.

Prifathro: Ti'n siŵr?

Sion: Faint o weithia sy isio fi ddeud? Ydw.

Prifathro: Falla 'sa'n syniad i mi ga'l gair efo dy… (fam).

Sion: (*Ar ei draws*) Dwi ddigon hen i allu neud penderfyniada' fy hun.

Prifathro: Dwi'm yn ama hynna, ond falla y dylian ni…

Sion: (*Ar ei draws*) Dangoswch bach o hyder yndda i, plîs. Dwi isio'i neud o.

Prifathro: O'r gora, os w't ti'n mynnu.

Sion: (*Dan wenu'n hapus*) Fydd popeth yn iawn, gewch chi weld.

(*Gyda **Sion** yn symud i ganol y llwyfan o flaen y goeden, ceir golau spot arno, gyda **Hefin**, **Gwen** a'r **Prifathro**'n ei amgylchynu.*)

Sion: Codaf fy llygaid tua'r mynyddoedd; o ble y d-d-daw cymorth i mi? D-d-daw fy nghymorth oddi wrth yr Arglwydd, creawd-d-dwr nefoedd a d-d-daear...

(*Gwelir **Sion** yn stryffaglu gyda'r geiriau, a bob tro y caiff atal dweud fe welir y dagrau'n dechrau cronni yn ei lygaid. Tra digwydd hyn fe welir y golau spot ar **Sion** yn graddol gulhau arno.*)

Sion: Nid-d-d yw'n gad-d-dael i'th d-d-droed lithro, ac nid yw d-d-dy geidwad yn cysgu. Nid-d-d yw ceidwad Israel yn cysgu ac yn huno. Yr Arglwydd yw d-d-dy geid-d-dwad, yr Arglwydd yw d-d-dy gysgod-d-d ar d-d-dy...

*(Yn sydyn fe gaea **Sion** y Beibl yn glep, cyn ei daflu i'r llawr.)*

Gwen:　　　Sion!

*(Nid yw **Sion** yn cymryd sylw o **Gwen**, ond yn hytrach mae'n rhedeg tuag at ran dde ucha'r llwyfan (y cae ysgol) gan fynd lawr ar ei gwrcwd a gwneud ei hun yn belen fach.)*

Hefin:　　　Fan hyn ti'n cuddio, felly? Bechod bo' chdi 'di gorfod rhoi'r gora i ddeud yr adnod 'na. O'n i wir yn mwynhau'n hun, dwi'm 'di chwerthin gymint ers oes. 'Sa chdi ond 'di cario 'mlaen, dwi'n siwr 'sa ni 'di colli gwers maths i gyd.

Sion:　　　Cer i'r diawl.

Hefin:　　　Ew, tempar gynno chdi hefyd. Ti'n gwbod be, ti'n debyg iawn i beiriant golchi Mam – ma hwnnw'n mynd yn styc fel chdi. A ti'n gwbod be ma hi'n neud pan nad ydi'r peiriant yn bihafio? Mae'n ei gicio fo. Fel hyn.

*(**Hefin** yn rhoi cic ym mhen-ôl **Sion**.)*

Hefin: Ti'n meddwl bod hyn yn help i chdi? Mi oedd o'n help i beiriant golchi Mam.

Sion: P-p-paid.

Hefin: Damia, tydi o'm 'di gweithio. Tydi hynna'n da i ddim, nac 'di? 'Sa well i ni drio eto, duda?

Sion: P-p-paid.

Hefin: Anobeithiol 'de? Neu falla a-a-a-anobeithiol 'di'r gair. Driwn ni unwaith eto, jyst rhag ofn, ia?

*(**Hefin** ar fin rhoi cic arall ym mhen-ôl **Sion**, pan ddaw **Athrawes** i'r golwg.)*

Athrawes: Hei, be goblyn ti'n neud?

Hefin: Dim.

Athrawes: Welis i chdi'n cicio (*Troi at **Sion***) Be ydi dy enw di?

Sion: (*Yn dawel*) Sion.

Athrawes: Welis i chdi'n cicio Sion rŵan.

Hefin: Chwara gêm oedda' ni.

Athrawes: Doedd hi'm yn edrych fel gêm i mi.

Hefin: Ca'l bach o hwyl oedda' ni, 'de Sioni?

Sion: (*Yn ddistaw*) Ia.

Athrawes: Be ydi dy enw di?

Hefin: Pam?

Athrawes: Llai o'r *cheek* 'na. Rŵan, dy enw di?

Hefin: Hefin.

Athrawes: Pa ddosbarth w't ti?

Hefin: Deg C.

Athrawes: Wel, os gwela i di'n neud y ffasiwn beth eto, mi fydd hi'n ddrwg arnach chdi. Dallt?

(**Hefin** *yn ddistaw.*)

Athrawes: Dallt?

Hefin: Ydw.

Athrawes: Rŵan, hegla hi Hefin. Reit handi.

(**Hefin** *yn rhedeg i ffwrdd.*)

Athrawes: Ti'n iawn?

*(***Sion*** yn nodio i gadarnhau hynny.)*

Athrawes: Nath o dy frifo di?

*(***Sion*** yn ysgwyd ei ben i gadarnhau na chafodd ei anafu.)*

Athrawes: Ti 'di colli dy dafod?

Sion: (*Yn dawel*) Biti na faswn i.

Athrawes: Be?

*(Cyfyd ***Sion*** ar ei draed.)*

Sion: 'Dio'm ots.

Athrawes: Be sy'n bod Sion?

Sion: Dim.

Athrawes: Ma'n rhaid bod…

Sion: (*Yn awdurdodol ar ei thraws*) Dim byd,
                   ocê?

*(**Sion** ar gychwyn, ond yn troi i edrych ar **Athrawes**.)*

Sion: 'Newch chi'm deud wrth neb, na
'newch?

Athrawes: Os w't ti'n ca'l…

Sion: Alla i handlo fo, ond diolch. *(Saib)*
Gyda llaw o'n i'n licio'r frawddeg 'na.

Athrawes: Be?

Sion: Hegla hi Hefin. Swnio'n dda.

*(Gwelir **Sion** yn mynd oddi yno, gan gerdded at y goeden. Cydia mewn brigyn a waldio'r goeden yn galed.)*

Sion: Hegla hi Hefin. Hegla hi Hefin. Hegla hi
Hefin. Hegla hi Hefin. Hegla hi Hefin cyn i
mi dy ddyrnu di'n ddu las. Hwda'r horwth
hyll.

*(Wrth waldio'r goeden, mae **Sion** yn colli'i falans ac yn disgyn i'r llawr, ond mae'n chwerthin yn braf ac yn hapus. Edrycha ar ei oriawr, neidio ar ei draed a rhedeg ar garlam am gyfeiriad ei gartref, ar y dde ym mhen blaen y llwyfan.)*

Mam: Sion! Lle goblyn ti 'di bod?

Sion: Sori, 'di bod yn y goedwig dwi.

Mam: Ti'n byw ac yn bod yn y lle 'na. Bydd pobl yn dechra' meddwl bod gin ti'm cartra. Rŵan 'stedda.

Sion: Pam be dwi 'di neud rŵan 'to?

Mam: Sut ma petha'n mynd yn 'rysgol?

Sion: Iawn.

Mam: Be 'nest di heddiw?

Sion: Dim llawer.

Mam: Ma' rhaid bod rwbath 'di digwydd.

Sion: Efo pwy ti 'di bod yn siarad?

Mam: Neb, pam?

Sion: Paid â deud c'lwydda.

Mam: Sori.

(Saib)

Mam: Roedd y fyfyrwraig ymarfar dysgu acw wedi ca'l gair efo'r prifathro.

Sion: Ddudis i wrthi am beidio busnesu.

Mam: Dim ond poeni amdana chdi oedd hi.

Sion: Hy!

Mam: Ti'n dal i ga'l helynt gin yr hogyn Hefin 'na?

Sion: Nac'dw.

Mam: Ti'n siwr?

Sion: Wrth gwrs 'mod i'n blydi siwr.

Mam: Sion, be dwi 'di ddeud 'tha chdi am y rhegi 'ma!

Sion: Wel paid â hefru mlaen a mlaen bob munud 'ta.

Mam: Eith y tempar 'na â chdi i drwbwl.

Sion: Nid hogyn bach ydw i.

Mam: (*Yn garedig*) Wn i, ond os oes rhywun yn dy boeni, ma' rhaid i chdi ddeud wrtha' i a dy athrawon. Gaddo?... Gaddo?

Sion: Gaddo.

(*Gyda'r golau ar y cartref yn graddol ddiffodd, gwelir* **Athrawes** *yn cerdded efo llyfrau dan ei chesail hyd blaen y llwyfan, gyda* **Sion** *yn dod i'w chyfarfod.*)

Athrawes: Bore da Sion!

(**Sion** *yn ei hanwybyddu ac yn cerdded heibio, hithau'n troi'n ei hôl.*)

Athrawes: Gwranda Sion, oedd rhaid i mi ddeud...

(**Sion** *yn aros yn ei unfan ac yn troi i wynebu* **Athrawes**.)

Sion: Ddudoch chi 'sa chi'm yn deud gair wrth Parry Pinc na neb arall.

Athrawes: Ddudish i mo hynny, p'run bynnag, doedd gen i'm dewis...

Sion: Hy!

Athrawes: Dim ond poeni amdana chdi o'n i.

Sion: (*Dan weiddi mewn anniddigrwydd*) Os clywa i'r geiria' yna unwaith eto.

Athrawes: Gin ti dipyn o dempar, does?

Sion: A'r blydi geiria' yna hefyd!

Athrawes: (*Yn garedig*) Ti'm i fod rhegi ar athrawon.

Sion: Dwi'm isio i chi na neb arall boeni
amdana i, alla i edrych ar ôl fy hun.

Athrawes: Dwi'm yn ama, ond ma rhaid i chdi ddangos
bach o'r cythra'l yn'a chdi weithia, 'sti.

Sion: Dio'm byd i neud efo chi.

Athrawes: Sion! Sion!

*(**Sion** yn cerdded oddi wrthi, ac yn anelu am iard yr ysgol,
ochr dde ucha'r llwyfan.)*

Hefin: Wel wel, be oedd hynna,
domestic rhwng dau gariad?

Sion: Tyfa fyny.

Hefin: Rwbath digon handi amdani hi. Bach yn
dew, ond coesa ocê.

Sion: Os ti'n deud.

Hefin: Er o'n i'n meddwl ma'r hen Gwen
oedda chdi'n ffansïo.

Sion: Cau hi.

Hefin: Siwr y bydd hi'n goblyn o ypset pan glywith
hi. Hync ei bywyd yn ffansïo'r athrawes
newydd.

Sion: *Get lost.*

Hefin: (*Dan bryfocio*) Wwww! Tempar!

(*Mae* **Sion** *yn gwthio heibio* **Hefin**, *gan anelu am y goeden. Unwaith iddo ei dringo ac eistedd ar un o'r canghennau fe ellir ei glywed yn mwmblian siarad wrth 'i hun, gan ailadrodd 'Hegla hi, Hefin' dro ar ôl tro. Pan wêl* **Athrawes** *yn dod tuag ato, mae'n ceisio cuddio, ond yn ofer.*)

Athrawes: Sion? Sion, 'sdim pwynt i ti drio cuddio, dwi'n gallu dy weld di.

(*Dan rwgnach, daw* **Sion** *i'r golwg gan eistedd ar y gangen unwaith yn rhagor.*)

Sion: Be dach chi isio?

Athrawes: Be ti'n neud yn cuddio yng nghanol y coed 'ma?

Sion: Tydw i ddim yn cuddio.

Athrawes: Ti'n saff yn ista'n fan 'na?

Sion: Ydw. Be dach chi'n neud yma?

Athrawes: Meddwl 'swn i'n mynd am dro bach a cha'l ryw bum munud bach i fi'n hun.

Sion: Peidiwch â deud c'lwydda.

Athrawes: Tydw i ddim.

*(Pwyntia **Sion** at gyfeiriad y gynulleidfa.)*

Sion: Welis i chi'n cnocio drws tŷ ni ryw ddeg munud nôl.

Athrawes: Fi oedd jyst isio ymddiheuro. Do'n i'm yn meddwl dim drwg wrth ddeud wrth y prifathro. Wir i ti. Sori.

*(**Sion** ddim yn ei hateb.)*

Athrawes: Gin ti ddipyn o olygfa fyny fan 'na. Ti'n meddwl 'swn i'n medru ista ar y gangen?

Sion: Na 'da chi'n rhy...

Athrawes: Dew?

Sion: Sori. Do'n i'm yn trio bod yn ddigwilydd.

Athrawes: Ma'n iawn. Dan ni'n dau yn dda am ymddiheuro p'nawn yma, tydan?

*(**Sion** ddim yn ei hateb, dim ond yn edrych arni. Mae hithau'n dringo'r goeden, ac yn eistedd nesaf at **Sion**. Arhosa'r **Athrawes** fan hyn am weddill y ddrama.)*

Athrawes: Ers pryd ma gin ti atal deud?

Sion: Dach chi'm yn mynd i ddechra pregethu am hynna eto?

Athrawes: Na na, dim ond isio gwbod 'na'i gyd.

Sion: Pam yr holl ddiddordeb 'ma?

Athrawes: Oedd gin Dad atal deud.

*(**Sion** yn edrych arni'n syn.)*

Athrawes: Oedda chdi rioed yn meddwl mai chdi yw'r unig un yn yr hen fyd 'ma efo atal deud?

Sion: Jyst deud hynna ydach chi am eich tad.

Athrawes: Pam 'swn i'n g'neud ffasiwn beth?

Sion: Trio ngha'l i siarad am y peth. Ma' Mam a'r prifathro 'di trio bob ffor' i ngha'l i siarad am y peth.

Athrawes: Ti wastad mor amheus o bawb, duda?

(Saib)

Sion: Chwe blynadd a hannar yn nôl.

Athrawes: Be?

Sion: Ges i atal deud am y tro cynta pan o'n i'n
wyth, pythefnos ar ôl Dolig nawdeg naw.
Dyna'r Dolig mwya uffernol dwi rioed 'di'i
ga'l.

*(**Sion** yn neidio oddi ar y goeden, gan anelu am ochr chwith
blaen y llwyfan. Newidia'r golau i ddynodi newid amser a
lleoliad yn ogystal.)*

Sion: Dim Sion Corn?

Hefin: Dim Sion Corn.

Sion: Ond ma rhaid bod 'na.

Hefin: Nagoes.

Sion: Ond ddoth o â Play-Station i mi llynadd.

Hefin: Naddo siwr.

Sion: Do, a mi 'nath o ddod â beic i mi
flwyddyn cynt.

Hefin: Dyn drws nesa oedd wedi cadw'r beic fel ffafr i dy fam.

Sion: Ma' hynna'n glwydda, sgin dyn drws nesa ddim barf gwyn.

Hefin: (*Dan chwerthin*) Ffŵl.

Sion: Tydw i ddim yn ffŵl. Ma Sion Corn yn bodoli.

Hefin: Paid â bod mor pathetig. Clwydda 'dio i gyd.

*(Wrth i **Hefin** gerdded oddi ar y llwyfan mae **Sion** yn troi i edrych ar **Athrawes** sy'n parhau i eistedd ar y goeden. Siarada gyda hi, tra'i fod yn cerdded ar draws y llwyfan tuag at ei gartref ar ochr dde blaen y llwyfan.)*

Sion: Dwi'n cofio teimlo'n stumog yn dynn a meddwl 'mod isio chwydu.

*(Golau'n newid eto, wrth i **Sion** gyrraedd gartref gyda'i wynt yn ei ddwrn a wynebu **Mam**, sy'n brysur yn y gegin yn smwddio neu'n gwneud bwyd.)*

Sion: Mam, Mam ma nhw'n deud bod Sion Corn ddim yn bod.

Mam: Pwy 'di'r 'nhw' 'ma?

Sion: Hogia'n 'rysgol.

Mam: Paid â gwrando arnyn nhw.

Sion: Oeddan nhw'n deud 'mod i'n ffŵl am goelio'r ffasiwn beth, a bod hogia mawr i gyd yn gwbod bod o'm yn wir.

Mam: Tynnu arnach chdi oeddan nhw.

Sion: Mae o'n bod, tydi?

*(Nid yw **Mam** yn ateb.)*

Sion: Mam, mae o'n bod go iawn, tydi?

Mam: *(Heb argyhoeddiad)* Ydi siwr.

Sion: Pam 'nei di'm edrych arna i?

Mam: Ti'm yn gweld 'mod i'n brysur?

Sion: Mam, nid dyn drws nesa ydi Sion Corn, naci?

Mam: *(Yn wirioneddol flin)* Paid â bod yn blydi gwirion.

Sion: Hogia'n 'rysgol oedd yn deud, nid fi.

Mam: Ty'd yma. Sori.

*(**Mam** yn mynd at **Sion** ac yn ei gofleidio'n dynn.)*

Mam: Be 'nawn ni efo chdi, duda?

Sion: 'Yn rhoi i mewn sosban a 'merwi i neud jam.

Mam: *(Hanner gwenu a chrïo)* Ia. Ma'n ddrwg gin i.

Sion: Ma'n iawn.

Mam: Ti'n werth y byd yn grwn i mi. Ti'n gwbod hynna, dwyt?

Sion: Ydw.

(Saib wrth i'r ddau afael yn dynn yn ei gilydd.)

Sion: *(Yn araf)* Tydi Sion Corn ddim yn bod, nac'di? Ddim go iawn.

*(Saib wrth i **Mam** edrych yn ddagreuol ar **Sion**.)*

Mam: Nac'di. Sori 'ngwas i.

Sion: Bechod hefyd. Bydd rhaid i chdi a Dad brynu anrhegion i mi o hyn allan.

(**Mam** *yn edrych yn ansicr ac yn nerfus ar* **Sion**.)

Mam: Gwranda Sioni, ma dy Dad yn gorfod mynd i ffwr' i weithio am sbel.

Sion: Be, dros Dolig?

Mam: Ia.

Sion: Ond does 'na neb yn gweithio dros Dolig.

Mam: Ddim fel arfar, ond ma dy Dad yn neud leni.

Sion: Pa bryd mae o'n mynd?

Mam: Ma o 'di gorfod mynd peth cynta' bora 'ma – oedd o ar dipyn o frys.

Sion: Ond allwn ni'm ca'l Dolig heb Dad.

Mam: Sdim isio i chdi boeni dim, gawn ni ddigon o hwyl hebddo fo.

Sion: Am faint fydd o 'di mynd?

Mam: Dwi'm yn rhy siwr.

Sion: Be tasa ni'n cadw'r anrhegion a'r twrci a ballu nes iddo fo ddod nôl adra?

Mam: (*Yn bendant*) Na.

Sion: Ond pam ddim?

Mam: (*Yn galed*) Achos 'mod i'n deud.

Sion: Ond 'sa'r tri ohonan ni'n ca'l gymint o…

Mam: (*Ar ei draws*) Na Sion – a 'na'i diwedd hi, reit?

(*Er i* **Mam** *adael y llwyfan, arhosa* **Sion** *yn y cartref a throi'i olygon at* **Athrawes.** *Os dymunir gellir cael newid yn y golau i ddynodi'r ffaith bod y sgwrs gydag* **Athrawes** *yn digwydd yn y presennol.*)

Sion: A dyna ddigwyddodd. O'dd o'n ddiwrnod od iawn. Oedd hi'n trio'i gora' i ga'l chydig o hwyl ac ati, ond doedd o'm 'run fath, yn enwedig pan ddoth *o* acw.

(*Newidir y golau unwaith yn rhagor wrth i* **Mam** *a* **Cariad** *ddychwelyd i'r cartref, gwelir* **Cariad** *yn cario pêl ledr ddrud.*)

Cariad: Sbïa be sgin i.

*(**Sion** yn edrych ar y bêl, ond yn dweud dim.)*

Cariad: Ti'n licio hi?

Sion: (*Heb frwdfrydedd*) Ma'n iawn.

Cariad: Ddudodd dy fam dy fod ti'n gwirioni ar ffwtbol. Chdi bia hi.

*(**Cariad** yn rhoi'r bêl yn nwylo **Sion**.)*

Mam: Be ti'n ddeud Sioni?

Sion: Diolch.

(Saib)

Cariad: Pwy ydi dy hoff dîm?

Sion: Lerpwl.

Cariad: A finna.

(Saib)

Cariad: Pwy ydi dy hoff chwarewr di?

Sion: Gerrard.

Cariad: A finna.

(Saib)

Cariad: Be 'sat ti'n ddeud tasa'r ddau ohonan ni'n mynd draw i Anfield rywbryd?

Sion: Ma tocynna'n anodd i'w ca'l.

Cariad: Paid ti â phoeni dim, gad di hynna i fi. Ga i'r seti gora' yn y lle i ni.

*(Parha **Sion** i syllu ar **Mam** a **Cariad**, ond wrth iddo gymryd cam yn nôl o'i 'gartref', a throi at **Athrawes**, fe newidia'r golau.)*

Sion: Ofynnis i ga'l ffonio Dad i ddeud Dolig Llawen, ond roedd batri 'i fobeil yn fflat yn ôl Mam, a doedd fiw i fi sôn amdano fo drw'r gwylia, neu oedd hi'n mynd i goblyn o dempar. O'n i reit falch o ga'l mynd nôl i'r ysgol.

*(**Sion** yn rhedeg ar draws y llwyfan, gan gyrraedd yr ysgol ar yr ochr chwith.)*

Hefin: Be gest di Dolig?

Sion: Gwahanol betha.

Hefin: Y cwestiwn ydi, be gafodd dy fam?

Sion: Pam ti isio gwbod hynna?

Gwen: Gad lonydd iddo fo.

Hefin: 'Styria dy hun yn lwcus Sioni. Gei di ddigon o anrhegion a llond bwcad o bres bob wsnos – 'swn i wrth fy modd 'swn i'n chdi.

Sion: Be?

Hefin: Ca'l dau dad, dyna'r peth gora' allai fod 'di ddigwydd i chdi.

Gwen: Cau hi Hefin.

Sion: Ti'n malu cachu weithia.

Hefin: Deffra Sion bach. Ma pawb hyd lle 'ma'n gwbod bod dy fam 'di'n ca'l *affair*.

Gwen: Rho'r gora iddi Hefin.

*(**Sion** yn rhedeg oddi yno, ac yn rhuthro'n ôl i'w gartref, ond yn sefyll yn stond wrth weld **Mam**.)*

Sion: Dwi isio'r gwir.

*(**Sion** yn cicio cadair yn y gegin, a **Mam** yn edrych arno'n rhannol mewn ofn ac yn rhannol mewn euogrwydd.)*

Sion:	Dwi 'di laru ar y blydi clwydda 'ma.
Mam:	(*Yn dawel*) Fydd 'na ddim mwy o glwydda – dwi'n addo.
Sion:	Ydi Dad 'di mynd achos y dyn drws nesa?

(**Mam** *yn ddistaw.*)

Sion:	(*Dan weiddi*) Mam?
Mam:	Ti'm yn dallt... Ti'n rhy ifanc.
Sion:	Wel? Ydi Dad wedi mynd achos y dyn drws nesa?
Mam:	Ydi.
Sion:	Lle mae Dad rŵan?
Mam:	Dwi'm yn gwbod. Wir i ti.
Sion:	(*Yn chwerw*) Dyna pam doedd o'm adra diwrnod 'Dolig, 'de?... 'De?
Mam:	Sori, Sion. Dwi mor sori.

(*Cymera* **Sion** *gam yn ôl, fel petae'n edrych ar* **Mam** *yn crïo o'r newydd. Mae hi'n llonydd fel delw. Newidia'r golau i ddynodi parhad yn y sgwrs rhwng* **Sion** *a'r* **Athrawes.**)

Sion:	Roedd Hefin yn gwbod y gwir am Sion Corn a 'nhad cyn y fi – dyna oedd yn brifo go iawn. Dwi'n cofio crïo yn 'y ngwely y noson honno. Sticis i 'mhen dan y *duvet*, fel bod Mam ddim yn clywad. O'n i gymint isio i Dad ddod nôl. 'Sa bob dim yn iawn wedyn. Ond ddoth o ddim.
Athrawes:	W't ti 'di weld o o gwbl ers…
Sion:	Ers i Mam gysgu efo'r dyn drws nesa dach chi'n feddwl?
Athrawes:	Sori, ddyliwn i ddim 'di… (gofyn).
Sion:	Ma'n iawn. Naddo.

(Yn ystod yr araith isod mae **Sion** *yn graddol troi cefn ar yr* **Athrawes** *ac yn symud yn ôl i'r canol, sef yr un lleoliad ag ydoedd pan oedd yn y gwasanaeth ysgol yn gynharach. Mae golau spot arno.)*

Sion:	"Dydw i ddim wedi gweld Rasmws ers cyn D-D-Dolig," meddai Seib, a d-d-draw â ni i'r Siop Llyfra Cymraeg oedd wrth yr hen stesion. Roedd Siop O-O-Obadeia yn wahanol i'r un siop arall yn y wlad."
Sion:	Do'n i'm yn gwbod be oedd yn digwydd i mi. O'n i'n gallu gweld y geiria'n glir o 'mlaen, roedd sŵn y geiria'n glir yn fy mhen, ond roeddan nhw'n sownd yn fy ngwddw.

Miss Jones: Ti'n iawn Sion?

Sion: Allwn i'm hyd yn oed ei hateb. Dim ond nodio 'mhen fel llo, a gada'l i'r dagra losgi'n llygid.

Miss Jones: Be tasan ni'n trio efo'n gilydd, ia?

*(Yn ystod y canlynol, mae **Sion** yn graddol stopio wrth iddo gael bloc dro ar ôl tro)*

Sion/

"Hon oedd yr unig siop lyfrau Gymraeg :yng Nghymru oedd heb ei diweddaru ar gyfer ail hanner yr ugeinfed ganrif. Hon oedd yr unig un hefyd i beidio â chael enw gwirion

Miss Jones: megis 'Y Droell', 'Y Dresel', 'Y Siswrn' 'Y Sasiwn', 'Y Pethe', 'Y Pentan', 'Y Pyntars'."

*(Yn raddol gwelir y golau ar **Miss Jones** yn diffodd, a **Sion** yn mynd am yr iard, ar ochr dde ucha'r llwyfan, gan stopio i siarad efo **Athrawes** ar y ffordd.)*

Sion: Dach chi'n cofio'r ffilm 'na, lle roedd y boi 'ma 'di meddwi ac yn sefyll yn stond, ac yn gweld y byd yn gwlbio heibio gan milltir yr awr? Wel, fel yna'n union o'n i'n teimlo 'radag hynny. Blydi llyfra Cymraeg cachu.

*(**Sion** yn sefyll yn yr iard fel petae yn ei fyd bach ei hun, ond yn sydyn caiff ei ysgwyd.)*

Hefin: Oi, *thickie*. Pwy sy'n methu siarad yn iawn ta?

Sion: Be?

Hefin: Gorfod ca'l Miss Jones i helpu chdi sut i siarad. *Thick* neu be?

Sion: Tydw i ddim yn *thick*, dallt?

Hefin: Hei, sbïwch ma' *thickie* efo tempar hefyd.

Sion: Cer i chwara efo d-d-dy nain.

Hefin: Be ddudis di?

Sion: Cer i chwara efo d-d-dy nain y m-mwnci hyll diawl.

*(Y ddau'n dechrau cwffio a **Miss Jones** yn gorfod ymyrryd, cydia yn **Hefin** a'i dywys i ffwrdd.)*

Sion: Welis i rioed Miss Jones mor flin ag oedd hi'r pnawn hwnnw. Ac er iddi roi ram dam go iawn i Hefin, doedd gweddill y dosbarth fawr gwell.

*(Gwelir **Sion** yn strancio ac yn nadu gartref, o flaen **Mam**.)*

Sion: Ond dwi'm isio mynd.

Mam: Pam?

Sion: Well gin i aros adra efo chdi.

Mam: Twt, cwpwl o oria a bydd 'rysgol 'di gorffan. Be 'swn i'n nôl cacan i ni'n dau erbyn i chdi ddod nôl?

Sion: Ond byddwch chi 'di hen fynd erbyn hynny.

Mam: Mynd? I le?

Sion: Byddi di a'r dyn drws nesa wedi bachu ar y cyfla, ac wedi'i heglu hi o'ma hebdda i.

Mam: Pam goblyn 'swn i'n g'neud y ffasiwn beth?

Sion: I chi'ch dau ga'l llonydd – ca'l cyfla i ddianc.

Mam: Pam 'swn i isio dianc?

Sion: I chi'ch dau ga'l bod yn hapus efo'ch gilydd hebdda i.

Mam: Ti wir yn credu 'swn i'n g'neud hynna?

(**Sion** *yn codi'i ysgwyddau, i ddynodi nad ydi o'n gwybod naill ffordd neu'r llall.)*

Mam: (*Yn ddistaw*) Pwy ddudodd y nonsens
                yma wrtha chdi?

Sion: Hogia'n 'rysgol.

Mam: Yli, dwi isio chdi ddallt un peth. Chdi ydi'r
                peth pwysica yn 'y mywyd, a chdi fydd
                wastad yn dod gynta – ti'n dallt hynna?

(**Sion** *yn nodio i gadarnhau hynny.)*

Mam: Tydw i ddim yn mynd i nunlla, achos fan
                hyn dwi isio bod – efo chdi.

Sion: Gaddo?

Mam: Gaddo.

Sion: Mam?

Mam: Be?

Sion: Diolch.

*(**Sion** yn cerdded oddi wrth **Mam**, ond yn troi'n ôl i edrych arni hi wrth iddo agosáu at y goeden.)*

Sion: O'n i'n gwbod bod Mam yn deud y gwir, ond roedd 'na rwbath yn cnoi tu mewn i 'mhen, rhwbath bach oedd wastad yn codi llond twll o ofn arna i bob bora o'n i'n gada'l am yr ysgol. Ac roedd o wastad yno'n llechu'n rhwla'n ddyfn tu mewn i fi tan yr eiliad o'n i nôl adra, ac yn gweld car Mam yn dal ar y dreif. Er 'sa rai 'di bod wrth eu bodda' tasa hi 'di heglu hi o'ma, achos roedd hi a fi dal yn destun siarad i bawb yn y lle 'ma.

*(Gwelir **Dynes 1** a **Dynes 2** yn ymlwybro'n araf ar hyd y llwyfan.)*

Dynes 1: Dach chi 'di clywad?

Dynes 2: Pawb yn lle 'cw yn siarad am y peth.

Dynes 1: Bechod dros yr hogyn bach hefyd.

Dynes 2: Lwcus mai dim ond un gafon nhw.

Dynes 1: Cradur bach.

Dynes 2: Glywsoch chi bod o 'di dechra *stytro*? Bechod, 'ngwas i.

Dynes 1: Yr wyres 'cw yn deud fod o 'di dechra' pi-pi'n gwely hefyd.

Dynes 2: Be arall ma rhywun yn ddisgw'l, a *honna*'n fam iddo fo. Licis i 'rioed mohoni hi, i fod yn onast. Rhwbath digon powld amdani hi.

Sion: O'n i isio rhoi dwrn yn wyneba'r ddwy *bitsh*, ond o'n i'n gwbod fasa fo ond yn g'neud ni'n fwy o destun siarad. Ond o'n i'n cyboli roi llond pen iddyn nhw.

*(**Sion** yn mynd tu cefn i **Dynes 1** a **Dynes 2**, ac yn codi dau fys arnyn' nhw, pan sylwa bod **Gwen** yn ei wylio. Mae'n stopio'n syth, ac yn cochi at ei glustiau.)*

Sion: (*Yn nyrfys*) D-d-dim ond... trio... nhw oedd yn...

Gwen: (*Yn garedig*) Yn bod yn gas am dy fam?

Sion: (*Yn dawel*) Ia.

Gwen: Paid â chymryd sylw ohonyn nhw.

Sion: Hawdd d-d-deud hynna, tydi?

Gwen: Ydi, debyg. (*Saib*) Ti'n iawn?

Sion: Ydw.

(Saib)

Sion: Sut w't ti?

Gwen: Iawn.

Sion: D-d-da iawn.

*(**Gwen** yn dechrau cerdded oddi wrth **Sion**, ond fe dry'n ôl.)*

Gwen: Be' ti'n neud dydd Sadwrn?

Sion: Dwi'm yn gwbod. Pam?

Gwen: Dwi'n ca'l fy mhen-blwydd, a ma' criw ohona ni'n mynd i sinema, os ti ffansi?

*(**Sion** yn edrych arni'n ansicr.)*

Gwen: 'Sdim raid i chdi, os na ti isio.

Sion: Na na… d-d-dim hynna ydi o…

Gwen: Be ta?

Sion: … D-d-dim…

Gwen: Wel w't ti am ddod neu beidio?

Sion: Ia... grêt... d-d-diolch i ti.

Gwen: 'Dwi'n ca'l parti bach yn y Caban cyn i Mam a Dad fynd â ni i'r sinema. Ty'd i fan 'na erbyn dau?

Sion: Ia, tsiampion.

*(**Gwen** yn gwenu arno cyn i **Sion** neidio i fyny ac i lawr mewn gorfoledd. Rheda adra nerth ei draed.)*

Mam: *(Dan wenu)* Be sy'n bod arnach chdi?

Sion: Crys glas.

Mam: Be?

Sion: F-f-fy nghrys glas gora i. Lle mae o?

Mam: Tydw i'm wedi ca'l cyfla i'w olchi eto.

Sion: Maaamm!!

Mam: Gin ti ddigon o grysa erill yn wardrob.

Sion: Ond d-d-dwi isio'r un glas.

Mam: Be ydi'r brys?

Sion: 'Nei di olchi o i mi heno?

Mam: Gin i gant a mil o betha erill... (i neud).

Sion: (*Ar ei thraws*) Olcha i'r llestri drw' wsnos nesa i ti.

Mam: (*Mewn sioc, ond mewn hwyliau da*) Ti'n cynnig golchi llestri?!

Sion: Ydw, a tacluso dan 'y ngwely – be ti'n ddeud?

Mam: Ti'n sâl?

Sion: Plîs?!

Mam: Pam bod chdi gymint ei isio fo?

Sion: (*Gyda balchter*) Dwi'n ca'l mynd i barti pen-blwydd, parti pen-blwydd Gwen.

Mam: (*Dan wenu*) O ia?

Sion: Dim ond ffrindia' ydan ni, iawn?

(**Mam** *yn diflannu o'r llwyfan tra bod* **Sion** *yn gwisgo'i hoff grys glas, ac yn cydio mewn cerdyn pen-blwydd a phecyn bach wedi'i lapio. Rheda am gyfeiriad y 'caffi' (cefn ochr chwith y llwyfan) lle mae* **Gwen** *eisoes yn eistedd, ac yn yfed can o ddiod. Mae'n stopio yn ei unfan, ac edrych arni'n nerfus, cyn mentro ati.)*

Sion: Haia!

Gwen: Hi!

Sion: Lle ma' pawb?

Gwen: Heb gyrra'dd eto, ti 'di'r cynta'.
             Ma' Mam a Dad wrthi'n parcio'r
             car.

*(Saib a **Sion** yn amlwg yn teimlo'n nyrfys.)*

Gwen: *(Nodio at y cerdyn a'r parsel)* Be 'sgen ti'n
             fan 'na?

Sion: O ia, sori. Pen-blwydd hapus i ti.

*(**Sion** yn estyn pecyn bychan a cherdyn iddi, a hithau'n agor
y ddau'n eiddgar.)*

Sion: Do'n i'm yn gwbod be' i ga'l... 'nes i
             ofyn i Mam...

*(**Gwen** yn gwenu wrth iddi weld mai sgarff lliwgar ydi'r
anrheg.)*

Gwen: Mae o'n *cool*, diolch i ti.

(Y ddau'n edrych ar ei gilydd, ddim yn gwybod beth i'w ddweud.)

Sion: Ti 'di ca'l lot o anrhegion?

Gwen: Do. Ges i CD gan fy mrawd bach, cwpwl o lyfra' gin Anti…

*(Sylwa **Sion** ar **Hefin** yn cerdded i mewn.)*

Sion: O blydi hel.

*(Daw **Hefin** atynt.)*

Hefin: *(Dan ganu)* Pen-blwydd hapus i ti, pen-blwydd hapus i ti, pen-blwydd hapus i ti Gwen, pen-blwydd hapus i ti.

Gwen: Diolch.

Hefin: Sori, oedd gen i'm pres i brynu dim byd i chdi.

Gwen: Ma'n iawn.

Hefin: Ga i ista'n fan 'ma?

*(**Hefin** yn eistedd nesaf at **Gwen**, cyn iddi hi neu **Sion** gael cyfle i ddweud gair.)*

Hefin: Pa ffilm 'da ni'n mynd i weld 'ta?

Gwen: Ti'm yn dod.

Hefin: Pam ddim?

Gwen: Does na'm lle i bawb.

Hefin: *(Tuag at **Sion**)* Ti'n mynd?

Sion: Ydw.

Hefin: 'Di hynna ddim yn deg. Dwi 'di canu pen-blwydd ichdi. Ti 'di neud?

*(**Sion** yn ysgwyd ei ben.)*

Hefin: Naddo debyg. Duda i mi Sioni, ti'n stytro pan ti'n canu? Siwr bod chdi'n swnio fel y grwpia rap 'na. *(Dan ddynwared canu)* P-p-pen-b-lwydd hap-p-p-pus i t-t-ti, p-p-pen-b-b-blwydd hap-p-p-pus i t-t-ti...

Gwen: Cau dy geg Hefin.

Hefin: Hei, be ydi rhain?

*(**Hefin** yn cydio yn y sgarff a'r cerdyn roddodd **Sion** i **Gwen**,
ac yn darllen y cerdyn.)*

Hefin: O 'na neis, tair sws. Dwi'm yn siwr am hwn
(*sgarff*) chwaith – lliw afiach, fel 'sa rywun
'di chwythu'i drwyn ynddo fo.

*(**Hefin** yn chwythu'i drwyn yn y sgarff.)*

Hefin: Ti'n gweld.

*(**Sion** yn cydio yng nghan diod **Gwen** a'i dywallt dros
Hefin.)*

Sion: Dipstic.

*(Rheda **Gwen** a **Sion** allan o'r caffi dan chwerthin, gan anelu
at ben blaen y llwyfan.)*

Sion: Dwi'm yn coelio 'mod i 'di g'neud hynna.

Gwen: Dylia chdi 'di neud hynna hydoedd yn ôl.

(Saib)

Sion: Pen-blwydd hapus Gwen.

*(Mae **Sion** yn mynd i'w chusanu, ond mae hi'n tynnu'n ôl.)*

Sion: Sori. Ddyliwn i ddim 'di neud hynna.

Gwen: Na, ma'n iawn. Ond 'sa'n well tasa ni'n aros jyst yn ffrindia'.

Sion: Achos 'mod i'n wahanol.

Gwen: Be?

Sion: Ti'm yn ff-ffansïo fi, achos 'mod i'm yn medru siarad yn iawn, fel yr hogia erill.

Gwen: Paid â bod mor wirion.

Sion: Ti fath â pawb arall. Deud c'lwydda jyst er mwyn bod yn glên.

Gwen: *(Yn garedig)* Paid â bod mor wirion.

Sion: Dyna be dach chi gyd yn ei feddwl go iawn de? 'O Sion druan, methu siarad yn iawn, bach yn ara', bechod drosto fo'.

Gwen: *(Callia)* Sion?!

Sion: Wel stwffio chi gyd. Alla i fyw hebddach chi. Fydda i'n iawn ar 'y mhen yn hun.

Gwen: Sion!

*(Rheda **Sion** oddi wrthi at y goeden. Dringa'r goeden, gan eistedd drws nesaf at yr **Athrawes**. Ni ddywed y ddau yr un gair wrth ei gilydd am hir.)*

Athrawes: Doedd hynna ddim…

Sion: (*Ar ei thraws*) D-d-dim yn deg? Na, wn i. Ond tydi bywyd ddim cweit yn deg, ydi o?

Athrawes: Dim ond trio helpu…

Sion: D-d-dwi 'di laru ar bawb yn busnesu, trio helpu, bod yn blyd-d-di ffeind.

Athrawes: Dyna pam ti'n treulio hanner dy oes yn ista yn fan hyn?

Sion: Nacia… ia. Does 'na neb yn 'y nhrin i fel hogyn bach yn fan hyn. Dwi'n ca'l bod fel dwi isio. D-d-dwi'n teimlo'n saff yma.

Athrawes: Ond be ti'n neud yma drw'r amsar?

Sion: Edrych ar y pentra, gweld hwn a'r llall yn symud hyd lle 'cw. Siarad, rhoi'r byd yn ei le, a ballu.

Athrawes: Siarad? Be, efo chdi dy hun?

Sion: Naci siwr. Dach chi'n meddwl 'mod i'n boncyrs neu be?

Athrawes: Wel efo pwy 'ta?

Sion: (*Gyda balchter*) Yr adar, pryfyd cop, pryfyd genwair. Y byd i gyd. Dwi'n darllan i ambell anfail hefyd.

Athrawes: A be ti'n ddarllen iddyn' nhw?

(Fe aiff **Sion** *at fonyn y goeden a rhoi'i law yn ddwfn i mewn, cyn tynnu Beibl allan.)*

Sion: Hwn.

Athrawes: Beibl?

Sion: Ia.

Athrawes: Wyddwn i ddim dy fod ti'n grefyddol.

Sion: Tydw i ddim. Anrheg ges i gin Nain pan ges i'n nerbyn i'r capal, ydi o.

Athrawes: Ti'n mwynhau'i ddarllen?

Sion: Dwi'm yn deall 'i hanner o, ond dwi'n hoffi sŵn geiria. Ma 'na bobol efo enwa gwych ynddo fo. Jaffeth, Zebedeus, oedd yn Dad i Iago a Ioan. Ebedmelech. Rehoboam, Nebuchadnesar, Jereboam. Ond dach chi'n gwbod pa un ydi'n ffefryn i?

Athrawes: P'run?

Sion: Obedia! Obedia! Pwy goblyn fasa'n galw'u plentyn yn Obedia?

Athrawes: Well na Kevin neu Kylie.

Sion: A Hefin hefyd.

(Y ddau'n chwerthin.)

Athrawes: Tydw i'm 'di dy weld di'n chwerthin fel 'na o'r blaen.

Sion: Dwi'n teimlo'n saff yn fan hyn – ac alla i weiddi pob enw dan haul yn ista ar y gangen yma, a cha i'm yr un bloc o gwbl.

Athrawes: *(Yn garedig)* Gwranda Sion, os galli di weiddi'r holl enwa 'na yn fan hyn, galli di neud yn rhwla ti isio.

Sion: Na 'llaf.

Athrawes: Medri.

Sion: 'Sneb yn 'y nghlywad i'n fan hyn.

Athrawes: Y peth hawsa'n y byd ydi cuddio. Y gamp anodda ydi wynebu pawb a dangos iddyn nhw nad ydi atal-deud yn g'neud chdi ddim gwahanol i neb arall.

Sion: Dach chi'n siarad drw'ch het.

Athrawes: Profa fo 'ta.

Sion: 'Sdim rhaid i fi brofi dim byd i chi.

Athrawes: Dwi'n cytuno efo chdi, felly g'na fo er dy fwyn dy hun ta.

(*Saib*)

Sion: Fan hyn oedd Dad a fi'n arfar dod â Pero am dro, a Dad yn cyboli actio Tarzan, yn siarad efo'r adar a'r eliffantod a'r teigrod. Ynta'n neidio o'r naill goedan i'r llall fel rhwbath dwl, a Pero'n cyfarth fel coblyn bob tro roedd Dad yn gwneud sŵn mawr dwfn ac yn curo'i frest.

Athrawes: Mae dy Dad wedi mynd Sion – ma'n rhaid i chdi dderbyn hynna a dechra byw dy fywyd.

Sion: (*Yn araf*) Ma gin i ofn.

(*Yn ystod y canlynol, cyfyd* **Athrawes** *ar ei thraed, neidio ar lawr a gadael y llwyfan.*)

Athrawes: Gin bawb ofn weithia.

Sion: Sgin Hefin ddim ofn dim byd.

Athrawes: Wrth gwrs bod gynno fo – dim ond ei fod chydig gwell na chdi am guddio hynny.

Sion: Ma pob dim mor syml i chi, tydi?

*(Edrycha i gyfeiriad **Athrawes**, ond mae wedi mynd. Sylweddola **Sion** ei fod ar ei ben ei hun. Ochneidia'n ddwfn cyn edrych o'i gwmpas.)*

Sion: Be dwi i fod i neud? Oi, dach chi fod yn ffrindia i fi – be dwi i fod i neud? Helpwch fi, plîs. Pam na ddudwch chi rwbath wrtha i?

*(Cydia **Sion** yn y Beibl, ei roi yn ei boced, neidio i'r llawr, a cherdded oddi yno'n ddistaw.)*

(Golau i lawr.)

dramâu'r draX n

Cyfres newydd o ddramâu i'r arddegau
—dim ond £2.95 yr un!

Dawn Deud
Dafydd Llewelyn 086243 840 3

Yr Ysbryd
Caryl Lewis 086243 838 1

Deryn mewn llaw...
Gwyneth Glyn 086243 841 1

Helfa Drysor
Fflur Dafydd 086243 837 3

Su' ma'i WAA!
Gwenno Mair Davies 086243 842 X

Arkies
Caryl Lewis 086243 839 X

Hefyd:
Llyfr Athrawon Dramâu'r Drain
Meinir Ebbsworth 086243 843 8
£5.95

Ar gael o'ch siop lyfrau leol
neu'n uniongyrchol o'r Lolfa
—neu gallwch archebu o'n gwefan:
ylolfa@ylolfa.com